Les éditions la courte échelle inc.
Montréal • Toronto • Paris

Denis Côté

Denis Côté est né en 1954 à Québec où il vit toujours. Connu surtout comme écrivain pour les jeunes, il écrit aussi pour les adultes et collabore à des revues comme critique littéraire et chroniqueur. Ses romans lui ont valu plusieurs prix, dont le Prix du Conseil des Arts et le Grand Prix de la science-fiction et du fantastique québécois. Certains de ses livres ont été traduits en anglais, en néerlandais et en danois. *La nuit du vampire* est le onzième livre pour les jeunes qu'il publie.

Stéphane Poulin

Stéphane Poulin est né en 1961. En 1983, il remporte la mention des enfants au concours Communication-Jeunesse. Depuis, il a obtenu plusieurs prix. En 1986, il gagne le Prix du Conseil des Arts. En 1988, il reçoit le *Elizabeth Cleaver Award of Excellence* pour l'illustration du meilleur livre canadien de l'année. Et en 1989, il obtient le *Boston Globe Award of Excellence*, prix international du meilleur livre de l'année, ainsi que le *Vicky Metcalf Award for Body of Work*, pour l'ensemble de son travail d'illustrateur. *La nuit du vampire* est le troisième roman qu'il illustre à la courte échelle.

Du même auteur, à la courte échelle

Collection Roman Jeunesse
Les géants de Blizzard
Série Maxime:
Les prisonniers du zoo
Le voyage dans le temps

Collection Roman+
L'idole des Inactifs

Les éditions la courte échelle inc.
5243, boul. Saint-Laurent
Montréal (Québec) H2T 1S4

Conception graphique:
Derome design inc.

Révision des textes:
Odette Lord

Dépôt légal, 1er trimestre 1990
Bibliothèque nationale du Québec

Données de catalogage avant publication (Canada)

Côté, Denis, 1954-

La nuit du vampire

(Roman Jeunesse; 22)
Pour enfants à partir de 9 ans.

ISBN 2-89021-117-7

I. Poulin, Stéphane.   II. Titre.   III. Collection.

PS8555.083N84 1990   jC843'.54   C89-096430-0
PS9555.083N84 1990
PZ23.C67Nu 1990

Denis Côté

LA NUIT DU VAMPIRE

Illustrations
de Stéphane Poulin

Chapitre I
La musique adoucit les moeurs

On aurait cru qu'une guerre avait éclaté dans l'école. Pas la guerre des tuques ou quelque chose du genre. Une vraie guerre! Avec des explosions et des cris de souffrance à n'en plus finir.

Personne ne se battait pourtant. En réalité, j'assistais à un spectacle *heavy metal*.

Je n'avais jamais vu autant de monstruosités à la fois. Je ne dis pas ça méchamment. Ce n'est pas ma faute à moi, si les artistes *heavy metal* mettent de l'horreur dans leur musique.

Les musiciens sautaient sur la scène comme s'ils étaient en pleine crise d'hystérie. Ils torturaient leur guitare avec des grimaces de sadiques. Et la musique n'arrêtait pas de hurler tant ça lui faisait mal.

Au lieu de s'enfuir, les spectateurs applaudissaient. Ils criaient tellement qu'ils

semblaient avoir chacun dix paires de poumons.

Moi, je me bouchais les oreilles de temps en temps. J'étais le seul, au fond, à comprendre le *heavy metal*.

Même la météo se mettait de la partie. Car elle prévoyait de terribles bourrasques de neige cette nuit-là.

Ce spectacle infernal, c'était la faute de ma soeur. Depuis longtemps, Ozzie voulait organiser un Festival amateur de musique *heavy metal*. Elle raffole de ça et elle-même joue de la batterie dans un orchestre appelé Nuit Noire.

Évidemment, son projet n'avait pas plu à la Direction de l'école et plusieurs parents étaient contre. Mais à force de harceler l'animateur culturel, elle avait fini par gagner.

Au programme, il y avait plusieurs orchestres de la région. La catastrophe se déroulait dans l'amphithéâtre de l'école et la salle était bourrée de jeunes.

Hugo et Prune, mon père et ma mère, n'avaient pas voulu y assister. Il faut dire que Hugo était malade. S'il était venu, le *heavy metal* l'aurait achevé, j'en suis sûr.

«Les amis, a annoncé Etcétéra aux spectateurs, voici maintenant le clou du spectacle!»

Etcétéra, c'est l'animateur culturel de l'école. Les élèves adorent se moquer de lui. Il a au moins trente-cinq ans et il se déguise comme un jeune. Contrairement à mon père et à ma mère, on dirait qu'il a honte d'être vieux.

«Le groupe que vous attendiez tous: PTÉRODACTYLUS!»

Etcétéra et Ozzie avaient invité des musiciens professionnels pour terminer la soirée. D'après ma soeur, Ptérodactylus était le super orchestre québécois dans cette catégorie.

Les quatre musiciens sont arrivés en se déhanchant, à la manière des cowboys. C'étaient de vrais pros du *heavy metal*: affreux comme ce n'est pas possible. Ils portaient tous des chaînes et du cuir noir, sauf un qui était plus chic.

On le remarquait tout de suite, celui-là. Incroyablement grand et maigre, des lunettes noires cachaient ses yeux et le

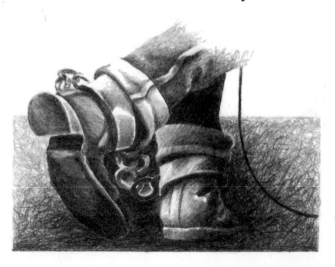

reste de son visage était blanc à faire peur.

— Écoute-le bien! m'a lancé Ozzie. C'est Red Lerouge, le meilleur guitariste rock du Québec! La vedette du groupe Ptérodactylus!

Quand ils ont commencé, le public s'est excité encore plus. Même moi, je trouvais leur musique presque supportable. En jouant un long solo de guitare, Red Lerouge a donné tout ce qu'il avait dans le ventre, comme on dit souvent.

Ozzie se tenait sur le bout de son siège. Elle souriait et ses yeux brillaient. À la fin, elle a crié «bravo» au moins cinquante fois. Moi aussi, j'étais content parce que le moment de partir était venu.

— Vous restez à la fête? nous a demandé Etcétéra. Tous les musiciens sont invités. Et toi aussi, Maxime!

Les spectateurs se dépêchaient de sortir. Certains disaient que la tempête avait débuté.

À contrecoeur, je suis demeuré avec Ozzie et une quinzaine d'autres musiciens.

Je me sentais à part. Non seulement j'étais le plus jeune, mais je faisais presque une indigestion de *heavy metal*.

Le petit banquet était déjà servi. Il y avait de la bière, un gros plat de salade et plusieurs sortes de viandes.

La bière a eu beaucoup de succès. Les filles de Nuit Noire aussi. Tous les garçons leur tournaient autour, même ceux de Ptérodactylus qui n'étaient pas si jeunes que ça.

Fidèle à son habitude, Etcétéra jouait à l'homme important. Il se promenait parmi les musiciens en riant et en parlant très fort.

Les autres membres du groupe Ptérodactylus étaient: Jekyll, le batteur, Gorgo, le bassiste, et Karl, le deuxième guitariste. En marchant, ils faisaient des bruits de chaînes comme des évadés de prison. Et ils n'avaient pas l'air plus rigolos quand ils riaient. Même leurs bras tatoués avaient de sales gueules.

Le seul qui ne s'amusait pas, c'était le guitariste. Red Lerouge regardait autour de lui sans sourire et il croquait un morceau de carotte de temps à autre. Personne n'osait l'approcher tellement il était bizarre.

Ses longs cheveux noirs créaient tout

un contraste avec son visage trop blême. Sa bouche était d'un rouge dégoûtant et ce n'était même pas du maquillage.

Il portait un gilet de satin et une chemise de dentelle. Je trouvais son déguisement très féminin. Impossible de deviner à quoi il pensait, puisqu'il avait gardé ses lunettes noires. C'était un homme imperturbable, comme on dit.

Une fois, il est venu à la table prendre un morceau de légume. Tout à coup, on aurait juré que quelqu'un l'avait mordu, car il a bondi en arrière.

Il se bouchait le nez avec la main. Karl l'a regardé en fronçant les sourcils et Red lui a indiqué le plat de salade.

Si la vinaigrette lui faisait cet effet-là, son odorat était drôlement sensible. Je me suis approché pour sentir. La salade dégageait une forte odeur d'ail.

Brusquement, Etcétéra a élevé la voix afin d'imposer le silence.

— La radio vient de diffuser un bulletin spécial! Les routes de la région sont devenues impraticables à cause de la tempête. Je propose donc qu'on reste à coucher ici. D'ailleurs, il y a tout ce qu'il nous faut à l'intérieur de l'école. Des salles de classe en grande quantité, des sacs de couchage, de la nourriture, etc.!

Des cris de joie ont accueilli sa proposition. J'ai jeté un coup d'oeil à Ozzie, mais elle m'avait temporairement oublié. Elle riait comme une folle avec ses copines de Nuit Noire: Marie, Suzie et Annie.

L'idée d'Etcétéra était loin de m'enchanter. Je m'ennuyais déjà de Prune et de Hugo et j'avais très hâte de plonger dans mon lit.

Red et ses trois amis se sont approchés de la radio. Ils semblaient préoccupés. L'annonceur qualifiait la tempête de «phénoménale».

J'ai dit à Ozzie:

— J'aimerais téléphoner chez nous et souhaiter bonne nuit à papa et à maman.

Son sourire s'est penché vers moi pour me donner une bise.

— D'accord, Maxime! Tout de suite?

J'ai fait signe que oui et elle m'a embrassé encore une fois. Ça m'a obligé à m'essuyer, à cause du rouge à lèvres de couleur verte.

Elle est revenue avec une mauvaise nouvelle.

— Le téléphone est hors d'usage! Etcétéra pense qu'il y a une panne dans la région. Mais ne t'en fais pas, on va bien s'amuser!

À ce moment précis, toutes les lumières de l'école ont décidé de s'éteindre.

Chapitre II
Panne d'électricité!

Quand l'obscurité survient à l'improviste, il y a toujours des cris. On n'a pas fait exception à la règle.

— Une panne d'électricité! a dit Etcétéra. Ne nous affolons pas!

Quelqu'un a allumé un briquet. Le visage d'Etcétéra est apparu au-dessus de la flamme.

— Procédons de façon systématique. La priorité immédiate consiste à trouver de quoi nous éclairer.

— Génial! a répondu Stéphane qui était un petit comique.

— Dans la remise du sous-sol, on trouvera des bougies, des lampes de poche, etc. J'aurais besoin de deux volontaires.

— Tu as peur des fantômes? a demandé Stéphane.

Il voulait sans doute détendre l'atmosphère, mais son allusion ne me plaisait absolument pas.

Dans les circonstances, je n'aurais pas aimé du tout me promener seul à l'intérieur de l'école. Lorsque les ténèbres envahissent un endroit, celui-ci paraît souvent abandonné. Et l'abandon c'est très angoissant, à mon avis.

— Ne quittez pas cette salle jusqu'à notre retour! En attendant, parlez, riez, etc. Ça vous fera du bien.

Il est descendu avec Stéphane et un costaud nommé William.

La parlote et les rires ont redémarré tout de suite.

Etcétéra n'aurait pas apprécié ce

qu'on disait de lui. Il avait vraiment l'air de prendre ces événements au sérieux. Depuis toujours peut-être, il rêvait d'être un chef et l'occasion de réaliser son vieux rêve arrivait enfin.

Pourtant les rires et les moqueries ne me rassuraient pas. Notre groupe était prisonnier d'une immense école plongée dans le noir. Toute communication avec l'extérieur était coupée. Dehors, la neige tombait comme une enragée et le vent au loin chantait une chanson triste.

Je me suis demandé si Hugo et Prune subissaient la panne, eux aussi. Ils étaient sûrement inquiets, en tout cas.

Et j'ai pensé à Jo, toute seule sous ses couvertures glacées. Je l'imaginais en train d'appeler un héros à son secours et je souhaitais qu'elle m'ait choisi.

À travers les conversations, je n'ai plus entendu la voix de ma soeur. J'ai prononcé son nom timidement. Elle n'a pas répondu.

Un frisson m'a saisi. Il y a quelques minutes, la lumière était morte subitement. Maintenant, la chaleur partait sur la pointe des pieds, en hypocrite.

Soudain, un hurlement a éclaté en

dehors de la pièce. Mon coeur s'est énervé. C'était la voix d'Ozzie!

Tout le monde s'est précipité dans le couloir. On a retrouvé ma soeur immédiatement. Elle était à côté de Red qui nous regardait derrière ses verres fumés.

— Excusez-moi! a dit Ozzie, en portant une main à son front. Je suis tombée sur Red en allant aux toilettes.

— Ça pressait à ce point-là? a demandé Suzie.

Red ne parlait pas. D'ailleurs, je n'avais toujours pas entendu le son de sa voix. À la lueur des briquets, sa peau était presque phosphorescente. On aurait dit que l'air autour de lui était glacial. Ozzie s'est écartée.

— C'est stupide, Maxime, mais Red m'a vraiment fait peur! Pourtant il n'a même pas dit un mot. Il était juste là et... et... oh! il m'a terriblement effrayée!

— Que faisait-il dans le couloir?

— Sûrement la même chose que moi. N'empêche que... ouf!

Elle a secoué la tête pour se remettre les idées en place.

Etcétéra, William et Stéphane sont revenus. En bas, ils avaient déniché de grosses lampes de poche et une boîte de chandelles. Ils avaient aussi monté quelques sacs de couchage. Le visage fendu par un sourire, Etcétéra a commencé la distribution.

— Tout le monde aura des bougies, mais il y a seulement trois torches électriques. Il faudra nous satisfaire de ça, etc. Quand chacun aura son sac de couchage, je vous montrerai les classes où vous pourrez dormir.

La joie était partiellement de retour. Dans un coin, Ptérodactylus tenait un conciliabule. Quand Etcétéra est remonté, Jekyll est venu vers lui.

C'était le plus terrible, celui-là, avec ses bracelets de cuir et ses chaînes autour du cou. Son visage était zébré de noir, comme si plusieurs bicyclettes lui étaient passées dessus.

— Euh...! Ça va te paraître bizarre... euh...! Tu n'aurais pas une longue caisse en bois quelque part?

— Une caisse en bois, etc.? De quelle longueur précisément?

Jekyll a jeté un coup d'oeil afin de voir si quelqu'un d'autre l'écoutait. Pendant que je regardais ailleurs, il a répondu:

— Au moins deux mètres.

Etcétéra a montré de la surprise et ça lui donnait un air intelligent. Il était vraiment méconnaissable.

— C'est pour... euh...! ranger du matériel très fragile... Tu nous rendrais énormément service.

Etcétéra a fait semblant de réfléchir, puis il s'est exclamé:

— Je pense avoir ce qu'il te faut! Suis-moi!

Escorté par Jekyll et Gorgo, il est sorti.

Cette histoire de caisse me rendait curieux. En réalité, Red et ses trois compagnons m'intriguaient de plus en plus.

Lorsque chacun d'entre nous a eu son sac de couchage, Etcétéra a prononcé un autre discours.

— Si vous n'y voyez pas d'inconvénient, chaque orchestre dormira dans une classe différente. Cela vous assurera un minimum d'intimité, de confort, etc. Quant à moi, j'ai mon bureau. Suivez-moi maintenant, je vais vous guider.

C'était la première fois que je marchais à l'intérieur de l'école en pleine nuit et je reconnaissais à peine les lieux. Ozzie était à mes côtés. Elle ne s'amusait plus beaucoup depuis sa collision avec Red.

Comme il y avait quatre orchestres, il nous fallait quatre classes. Malgré ma gêne d'être un garçon, j'ai choisi de m'installer auprès d'Ozzie et de ses copines.

Éclairés à la chandelle, on a déplacé les pupitres et les chaises au fond de la classe. Ensuite, on a déballé les sacs de couchage.

Pendant que les filles parlaient, j'ai décidé d'aller voir comment se débrouillaient les autres. C'est Ptérodactylus qui m'intéressait vraiment. Mais je ne voulais pas m'éloigner et j'ai seulement jeté un coup d'oeil.

Au bout du corridor, Jekyll et Gorgo portaient une caisse de bois jusqu'à une classe.

Je trouvais ça étrange. D'abord, je me demandais pourquoi ils avaient choisi une classe loin des autres. Il y avait aussi cette caisse: à quoi donc pouvait-elle servir?

En les voyant comme ça, dans la pénombre, une drôle d'image m'est venue à l'esprit.

Jekyll et Gorgo ressemblaient à des fossoyeurs transportant un cercueil.

Chapitre III
Incident numéro 1

Annie, Marie et Suzie ne parlaient plus. Près de moi, Ozzie essayait de s'endormir.

J'aurais bien voulu être invisible et m'approcher du groupe Ptérodactylus pour l'espionner. Ou posséder des yeux rayons X qui m'auraient permis de voir à travers les murs. Mais je n'avais que mon imagination et ça ne donnait aucun résultat.

Je me suis assoupi.

Un fracas de vitre cassée m'a réveillé brusquement. Ozzie s'est redressée à la même vitesse que moi.

On s'est précipités dans le corridor obscur. Quelqu'un a allumé une torche électrique et la noirceur est devenue plus civilisée. Presque tout le monde était déjà sorti. On se regardait avec des yeux bourrés de points d'interrogation.

— On dirait qu'une fenêtre a éclaté!

— Ça venait d'en bas, j'en suis sûr!

On s'est dirigés prudemment vers l'escalier. Ptérodactylus s'était joint à nous, sauf Red que je ne voyais nulle part.

Puis Etcétéra nous a lancé un appel de détresse et l'on s'est mis à courir. Sa voix venait de la salle de pastorale.

On s'est engouffrés dans la pièce comme si une vie humaine était en jeu. Ensuite, la surprise nous a statufiés! C'était une bonne réaction de notre part, puisque ce genre d'endroit contient souvent des statues.

Sans un mot, Etcétéra nous montrait un vitrail. L'ayant vu une fois ou deux, je me rappelais qu'il avait été joli. C'était un peu une oeuvre d'art, en fait.

Maintenant, ce vitrail s'éparpillait en millions de morceaux qui jonchaient le sol.

— N'avancez pas! Vous pourriez vous blesser!

Quelques-uns parmi nous étaient pieds nus. Il aurait fallu être un fakir, en effet, pour marcher là-dessus sans se couper.

— Je m'étais assoupi dans mon bureau. Je suis accouru en entendant le fracas. Mais je n'ai croisé personne.

— C'est le vent qui a fait ça? a demandé Marie.

— Le vent? Quel vent? Le vent ne peut pas se faufiler ici!

Etcétéra avait raison. La pièce était dépourvue de fenêtre et l'on ne sentait aucun courant d'air.

William a eu un rire nerveux:

— Ce vitrail s'est brisé tout seul, c'est simple! Il avait sûrement un défaut de fabrication!

— Mmm, a commenté Etcétéra d'un air songeur.

— À quoi tu penses? a dit Ozzie. Tu crois que quelqu'un a fait ça volontairement?

Etcétéra promenait sur nous son regard de détective. Un regard rempli de suspicion. Cette drôle d'atmosphère me donnait la chair de poule.

— Quelqu'un se souviendrait-il de ce que représentait le vitrail?

On a échangé des coups d'oeil interrogateurs. Moi, je me rappelais juste que ça se rapportait à la religion.

— Je vais vous le dire! a lancé Etcétéra. Il représentait un crucifix! Un immense crucifix que quelqu'un a senti l'étrange besoin de détruire, etc.!

Ozzie a levé les yeux en l'air pour montrer son impatience.

Depuis un moment, Etcétéra fixait un point derrière nous. On s'est retournés et l'on a vu que Red nous avait rejoints.

Etcétéra le regardait avec une insistance pas catholique. Dans une salle de pastorale, ce n'était pas très correct. On ne pouvait pas savoir si Red lui rendait la pareille, à cause des lunettes noires.

— Que faisais-tu, Red, quand l'incident s'est produit?

Le guitariste est resté froid comme du métal. Ça lui allait bien, d'ailleurs, vu son genre de musique. Nous, on attendait sa réponse. On se serait crus à l'écoute d'un jeu-questionnaire.

— Ce que je faisais? Je dormais, tout simplement.

J'ai sursauté. Sa voix était si laide qu'elle ressemblait à un cauchemar! Comment pouvait-on émettre un son aussi épouvantable?

Les écrivains appellent ça une voix blanche. C'est atroce! Un peu comme si de la glace entrait par nos oreilles et nous refroidissait jusqu'au coeur. Ça gelait en

28

dedans de moi. Je pense que c'était col-
lectif, parce que les autres aussi s'étaient
figés.

Pourtant, j'avais reconnu quelque
chose dans cette voix. Une intonation
que j'avais souvent entendue.

Celle du mensonge!

Car Red avait menti. J'en avais la
certitude.

Chapitre IV
On ne rit plus!

On est retournés à nos sacs de couchage. Mais comment dormir quand arrivent des histoires pareilles?

Plus personne n'avait le coeur à rire. Et pourtant, Suzie se forçait à faire des blagues. Je crois qu'on appelle ça une approche thérapeutique. D'ailleurs, Suzie souhaitait devenir médecin plus tard.

Ma soeur était gentille avec moi et j'essayais de jouer au grand frère avec elle. J'éprouvais quand même de l'inquiétude. J'aurais voulu que Prune et Hugo soient là.

— Depuis quand connais-tu Red Lerouge?

J'ai dû lui répéter ma question, parce que ma voix était pâlotte. Ozzie a changé d'expression.

— Pourquoi tu demandes ça?
— Pour savoir.

— Je ne le connais pas vraiment. C'était la première fois aujourd'hui que je le rencontrais.

— Que sais-tu de lui?

Elle a fait une moue presque triste.

— Rien, au fond! Les journaux disent qu'il est très effacé.

J'ai fixé longtemps ma soeur sans rien dire. Une question était coincée dans ma gorge. J'aurais voulu qu'Ozzie me secoue pour la faire sortir.

— Veux-tu savoir autre chose, Maxime?

— Oui. Est-ce que Red te fait peur?

Malgré l'obscurité, j'ai vu ses yeux qui brillaient curieusement.

— Maintenant oui... Je pense qu'il me fait un peu peur.

J'aurais aimé étreindre ma soeur à ce moment-là. Mais la voix d'Etcétéra a jailli du corridor. Il nous demandait de nous rassembler dans la salle de banquet.

— En pleine nuit? a dit Suzie. Il est complètement fou, ce gars-là!

— Autre chose a dû se produire, a répondu ma soeur.

On s'est tous retrouvés là où cette panne nous avait surpris quelques heures avant. Etcétéra avait posé une lampe allumée sur un meuble. On devinait tout de suite qu'il nous annoncerait une mauvaise nouvelle.

— Les amis...

Il s'est arrêté un instant pour mieux alourdir l'atmosphère.

— Après l'affaire du vitrail, j'ai décidé d'effectuer une ronde. Je me sens un peu responsable de votre sécurité, vous comprenez?

— Oui, mon général, a dit Stéphane tout bas.

— Je voulais trouver un indice, un signe, une preuve...

— Etc., a complété Stéphane.

— Figurez-vous que j'ai fait une découverte stupéfiante! Oui, positivement stupéfiante!

— Que s'est-il passé? a demandé Suzie avec impatience.

— Ne sautons pas aux conclusions trop vite, vous voulez bien? Essayons de garder la tête froide.

— Il m'énerve! a grogné Marie.

— La serrure du laboratoire de biologie a été forcée. Quelqu'un s'est introduit dans la classe par effraction.

Il y a eu des «hein?» et des «oh!», puis des visages étonnés qui se regardaient.

— Je sais par un professeur qu'il y avait au frigo une vingtaine de sachets. Des enveloppes en plastique dont le contenu devait être analysé au microscope par les élèves. Or, ces vingt sachets ont été volés!

Ça nous a coupé le souffle. Stéphane a été le premier à s'en remettre. Il n'avait toutefois plus le goût de blaguer.

— Les sachets contenaient quoi exactement?

Etcétéra nous a balancé la réponse avec la force d'un coup de poing.

— Du sang d'animal! De poulet ou de porc, etc.!

— Ouache! a dit Annie en faisant une belle grimace *heavy metal*.

Je n'aimais absolument pas ce qui se produisait. Ce vol de sang m'engourdissait comme si je perdais le mien. Mes jambes étaient faibles. Mais pas mes yeux qui ont clairement vu Jekyll, Karl et Gorgo tourner la tête du côté de Red.

— Voulez-vous bien me dire ce qui se passe ici? a demandé William. Qui peut être assez détraqué pour voler du sang?

Il s'adressait à nous tous. Comme durant un examen difficile, personne ne savait la réponse.

— J'ignore les intentions de ce voleur, a repris Etcétéra. Sur son identité cependant, il n'existe que deux hypothèses. Ou bien il s'agit d'un inconnu caché dans l'école. Ou bien...

— Ou bien quoi? s'est lamentée Suzie.

— Ou bien il s'agit de l'un d'entre nous, etc.!

Ce n'était plus un coup de poing, mais la raclée complète.

Ozzie s'est rapprochée des filles de Nuit Noire. Les autres musiciens se sont regroupés aussi, y compris Ptérodactylus. Même si je ne faisais partie d'aucun orchestre, Ozzie était ma soeur. Je me suis donc retrouvé en compagnie des quatre filles.

— Ça suffit! a dit William. Je ne reste pas ici une minute de plus!

— Où iras-tu? a demandé Etcétéra. As-tu regardé dehors? La tempête a empiré.

— Appelons la police! a suggéré Ozzie. S'il y a un malfaiteur ici, les policiers le trouveront.

En entendant parler de la police, les membres de Ptérodactylus ont tressailli.

— Comment fera-t-on pour contacter la police? a dit Etcétéra. Le téléphone est en panne.

Ce n'était pas la panique, non. Après tout, on n'avait aucune raison de s'inquiéter, n'est-ce pas? On était juste enfermés dans une école où un inconnu s'amusait à casser des vitraux et à voler du sang de poulet.

— Ce n'est pas tout, a ajouté Etcétéra. J'ai fait une seconde découverte.

— Il veut absolument nous rendre fous! a dit Ozzie.

Il s'est planté juste à côté de la table à banquet.

— Regardez cette table. Regardez-la attentivement. Quelqu'un remarque-t-il quelque chose, etc.?

— Veux-tu cesser de jouer aux devinettes? Ce n'est plus drôle!

— J'attire votre attention sur le fait que, depuis la panne, l'un des plats a disparu.

Tout de suite, j'ai vu ce qui manquait.

— La salade!

— Bravo, Maxime. Puisque ce plat a disparu, c'est que quelqu'un l'a emporté. Vous êtes bien d'accord, etc.? Je voudrais donc savoir qui d'entre vous a fait cela.

Personne n'a levé la main. Mais je n'avais jamais vu des gens s'examiner avec autant de méfiance.

Quand mon regard s'est posé sur les musiciens de Ptérodactylus, ils étaient de plus en plus mal à l'aise. Pas besoin de s'appeler Sherlock Holmes pour comprendre qu'ils avaient quelque chose à se reprocher.

Je me souvenais de la réaction de Red lorsqu'il avait senti la vinaigrette. Y avait-il un rapport entre ça et la disparition du plat de salade?

— Bon! a dit Etcétéra. Personne ne veut répondre? Parfait! Comme je suis le responsable officiel de cette soirée, je me vois obligé de vous imposer un règlement jusqu'à ce qu'on sorte d'ici.

Silence. Il y avait de la nervosité dans l'air.

— Je vous demanderai de réintégrer vos classes et de n'en sortir sous aucun prétexte. Il est évident qu'un malfaiteur se trouve ici, etc. La meilleure façon de se protéger contre lui, c'est de rester en petits groupes.

Le dos rond, on est sortis de la salle. Les musiciens de Ptérodactylus paraissaient soulagés.

Ozzie a posé un bras autour de mes épaules. Je me suis aperçu que ma grande soeur tremblait.

Chapitre V
Un rôdeur

La crainte me transformait en guenille. Des pleurnichements voulaient me sortir du nez. Si j'avais eu sept ans, j'aurais piqué une crise. Mais parce que j'en avais treize, je me retenais et ça faisait mal.

— JE LE TIENS! VENEZ M'AIDER! VITE!

Les filles et moi, on a bondi comme si l'on avait des propulseurs.

— William! a dit Suzie. Il a pincé le bandit!

— On y va! a fait Ozzie en ouvrant la porte.

Les cris venaient de l'étage au-dessus. Tous les musiciens couraient vers l'escalier.

Les premiers arrivés formaient déjà un cercle et les trois torches électriques éclairaient la scène.

Au milieu, William agrippait quelqu'un par les vêtements. L'autre se cachait le visage avec ses bras. Il gémissait. C'était un spectacle pénible, mais on voulait que justice soit faite.

— Je l'ai surpris en train de rôder! disait William d'une voix plutôt sadique. Allez! Montre ton visage!

Le rôdeur tenait absolument à garder l'anonymat. William s'est mis à le secouer. Au même moment, Jekyll s'est porté au secours de la veuve et de l'orphelin.

— Veux-tu bien lui foutre la paix!

C'était un geste mémorable. Sauf que la veuve ou l'orphelin était un malfaiteur. La colère de William était donc un peu justifiée.

Le gros bras tatoué de Jekyll a entouré les épaules du rôdeur, très amicalement.

— Éteignez ces lampes! Vous ne voyez pas que ça lui fait mal?

— Obéissez, a dit Etcétéra. J'ai allumé une chandelle.

Il a tendu la flamme vers le visage du bandit.

— Oooooooooooooooohhhhhhhhh! ont chanté en choeur plusieurs d'entre nous.

C'était Red!

Un Red plus blême que jamais et qui n'avait pas ses lunettes noires. Il se cachait maintenant les yeux avec ses mains.

— Montre-moi tes yeux, a dit calmement Etcétéra.

— Pardon? a répondu Jekyll. Tu te prends pour un optométriste ou quoi?

— Montre-moi tes yeux, a répété Etcétéra.

— O.K., O.K.! Il va te les montrer, si ça t'amuse. Commence par éloigner cette flamme!

Etcétéra a obéi. Les paupières de Red se sont ouvertes.

Ses yeux étaient rouges!

Pas bruns ni bleus ni gris, comme ceux de tout le monde!

Rouges!

Je venais de comprendre d'où il tenait son nom d'artiste!

On est tous restés saisis. Sauf Etcétéra qui jouait parfaitement son rôle d'enquêteur.

— Explication?

— Tu veux savoir pourquoi il a les yeux de cette couleur? a demandé Karl. Sais-tu ce que c'est qu'un albinos?

— Bien sûr. C'est une personne sans pigmentation. Sa peau, ses poils, ses cheveux, etc., n'ont pas de couleur.

— Une vraie encyclopédie, ce crétin-là! Alors, tu es au courant que les albinos ont les yeux rouges?

— Évidemment. Mais Red n'est pas un albinos. Ses cheveux et ses sourcils sont noirs.

— La teinture, tu as déjà entendu parler de ça?

Etcétéra n'a pas répondu. Sa machine à enquêter venait de s'éteindre.

— Allez, viens, Red, a dit Jekyll en entraînant son ami.

Red Lerouge était donc un albinos! Cela expliquait sa pâleur de cadavre.

Les albinos ont la vue très sensible et toute lumière un peu forte leur cause de la douleur. Voilà pourquoi Red ne se séparait de ses lunettes noires qu'en pleine obscurité!

— Un instant! a lancé Ozzie. Dites-moi donc pourquoi Red se trouvait ici! Etcétéra nous avait demandé de ne pas quitter nos classes!

Jekyll lui a fait un sourire de séducteur. Toutefois Ozzie est restée calme.

— Red est un grand garçon, Ozzie. Il fait ce qui lui plaît. S'il veut aller se dégourdir les jambes, alors il va se dégourdir les jambes. C'est clair?

— Ouais... mais pas convaincant!

Etcétéra est revenu à la charge.

— Je voudrais savoir autre chose, messieurs. Pourquoi Red couche-t-il seul dans sa propre classe, etc., au lieu d'accompagner son orchestre?

— Tu nous espionnes, le flic? a dit Gorgo.

— Je ne vous espionne pas, etc. J'accomplis seulement mon devoir. En faisant une nouvelle ronde tout à l'heure, j'ai constaté que Red ne s'était pas installé avec vous.

Red a relevé la tête. Il portait maintenant ses lunettes.

— Je souffre d'insomnie, a-t-il répondu. Le moindre son m'empêche de dormir et mes amis sont plutôt bruyants. J'ai donc choisi de m'isoler. Si je me promenais ici tout à l'heure, c'est parce que je n'arrivais pas à trouver le sommeil...

Quelque chose me disait encore qu'il n'était pas sincère.

Je me laissais peut-être influencer par son apparence et par sa voix d'outre-tombe. C'était une réaction raciste, sans doute, à cause de sa peau et de sa voix trop blanches.

Je déteste pourtant le racisme. En Afrique du Sud, par exemple, les Noirs ont une peur bleue du racisme et je les comprends. Red avait les yeux rouges? Bon! Après tout, les albinos possèdent les mêmes droits que les Blancs.

L'intermède était terminé. Chaque orchestre s'en retournait dans sa classe.

La déprime nous imposait le silence.

Chapitre VI
Il est question de Dracula

Il faisait maintenant très froid à l'intérieur des classes.

J'avais enroulé mes couvertures autour de moi. Suzie et Marie avaient revêtu leur manteau, tandis qu'Ozzie et Annie s'étaient enfoncées dans leur sac de couchage.

Marie nous a dit qu'elle allait aux toilettes.

— Ça ne peut pas attendre?

— Non! Et je ne ferai pas ça ici, quand même!

— Je t'accompagne, a proposé Suzie. C'est plus prudent.

Elle a allumé la lampe de poche.

— On ne devrait pas prévenir les autres? a suggéré Ozzie. Si quelqu'un vous entendait marcher...?

— Franchement! J'ai le droit d'aller aux toilettes sans mettre tout le monde au courant!

Ozzie a donc attendu leur retour en arpentant la pièce.

Quand les hurlements ont retenti, elle s'est élancée la première vers la porte.

Suzie et Marie se trouvaient devant l'entrée des toilettes. Elles tremblaient de terreur.

— Qu'est-ce qui s'est passé? a demandé Stéphane.

— Il y avait un homme, là! On n'a pas vu son visage!

— Il vous a attaquées?

— Non! Il a essayé de nous faire peur!

De toute évidence, il avait réussi. La gorge de Marie était pleine de sanglots et les larmes coulaient de ses yeux. Ozzie la serrait contre elle pour la calmer.

— Il portait une sorte de cape! a dit Suzie.

Je m'étais empressé de voir s'il y avait des absents. Il ne manquait personne.

— À quoi ressemblait votre agresseur? a demandé Etcétéra.

— Je l'ai dit: il portait une longue cape.

— Lui, il était petit ou grand, etc.?

— Très grand! Enfin, il m'a paru très grand, mais je l'ai mal vu dans le noir.

— Très grand, hein? a répété Etcétéra en se tournant vers Ptérodactylus.

On a tous suivi la direction de son regard. De nous tous, Red était le plus grand et de loin.

— Tu ne vas pas recommencer tes insinuations! a crié Jekyll. Espèce d'arriéré mental!

Dignement, Etcétéra est retourné à son interrogatoire.

— Euh...! Vous parliez d'une cape. Peux-tu la décrire, Suzie?

— J'ai eu juste le temps de braquer ma lampe sur lui. C'était une cape comme... oui! comme celle de Dracula au cinéma!

À ce nom de Dracula, on aurait cru qu'une brise glacée venait d'entrer dans l'école.

— Une cape comme celle de Dracula, etc.? C'est bien ce que tu as dit?

— Assez! a coupé Ozzie. Tu ne te rends pas compte qu'elles ont subi un choc?

— Je ne fais pourtant que mon devoir, etc.!

— Ton devoir? a grogné Jekyll en lui saisissant un bras. Ton devoir dorénavant, c'est de fermer ta grande gueule! Compris?

Ses yeux lançaient des éclairs vers ceux d'Etcétéra. Tout autour, les autres observaient la scène en ne sachant plus quoi faire.

Il s'est alors produit quelque chose d'inattendu.

Red s'est approché de son ami et il a doucement posé une main sur son épaule tatouée.

— Laisse tomber, Jekyll...

Et Jekyll a laissé tomber.

D'ailleurs, Etcétéra s'est retrouvé sur le dos. Mais personne n'a ri.

Chapitre VII
J'ai une théorie

Etcétéra s'est remis debout comme si de rien n'était, puis il a encore parlé.

— L'expérience vécue par Marie et Suzie nous prouve que l'agresseur existe réellement. Il faut donc nous défendre.

Il a jeté un coup d'oeil à sa montre.

— Le jour va se lever dans environ trois heures. N'importe quoi peut arriver d'ici là, etc. Il n'est plus question de laisser agir le malfaiteur.

— Qu'est-ce que tu proposes? a demandé William.

— Il faut former des équipes. L'une après l'autre, elles feront une ronde d'exploration à travers l'école. La remise renferme quelques sifflets et des bâtons de baseball, etc. On se servira des sifflets pour avertir les autres en cas d'urgence. Les bâtons seront nos armes!

Un semblant de détermination venait de naître. Etcétéra et quelques autres sont descendus à la remise. Pendant qu'on revenait dans nos classes, la première équipe est partie en exploration. J'espérais bien qu'elle trouve au plus tôt le vampire.

Car j'en étais venu à penser que le malfaiteur pouvait vraiment être un vampire.

Il ne faudrait pas croire que je sois naïf. Même si mon intelligence est ordinaire, elle est capable de faire des liens.

D'abord, le vitrail brisé représentant un crucifix. Selon la légende, on peut combattre un vampire en brandissant une croix. Le vampire avait pu casser le vitrail parce que sa santé était menacée.

Ensuite, le vol des sachets de sang. Le vampire avait peut-être dérobé ces sacs dans le but de se nourrir. C'était une pensée dégueulasse, mais je n'imaginais pas d'autre mobile à ce vol.

Puis, la disparition du plat de salade. Lorsque l'on veut se protéger contre les vampires, la recette demande de l'ail. Et la vinaigrette était bourrée d'ail, je me le rappelais très bien.

Enfin, le personnage aperçu par Marie et Suzie portait une cape comme celle de

Dracula. Je savais que ce n'était pas une preuve. Les quatre éléments mis ensemble toutefois, ça commençait à faire une théorie drôlement sérieuse.

Il ne faudrait pas croire non plus que je réfléchissais à tout ça calmement. En réalité, j'avais une peur énorme!

Éléphantesque! Dinosaurienne même!

Il m'était déjà arrivé d'avoir la trouille, mais je savais alors de quoi j'avais peur. Cette fois, j'ignorais l'identité de notre ennemi.

Ce pouvait être l'un d'entre nous. Lorsque je pensais à ça, Red me venait aussitôt à l'esprit.

Red avec son visage pâle de mort vivant! Sa bouche trop rouge pour être honnête! Ses yeux de lapin blanc! Il y avait aussi sa voix «sépulcrale», comme écrivent les auteurs de récits d'épouvante.

Maintenant que je le soupçonnais, un autre indice est devenu clair. Ça ne m'avait pas sauté aux yeux avant!

Lorsque Red parlait, il serrait les lèvres le plus possible. On aurait dit que sa bouche dissimulait quelque chose! Et que pouvait-elle bien cacher, sinon...?

Des crocs!

Pelotonné dans mon sac de couchage, je laissais ces idées-là tourbillonner en moi. J'étais terrifié. Presque malade.

Si ma théorie était exacte, Ptérodactylus pouvait surgir ici d'un instant à l'autre. Tous les quatre étaient peut-être des vampires. Les filles de Nuit Noire et moi, on serait de bien belles victimes pour ces monstres assoiffés de sang.

Un coup de sifflet a brisé mes réflexions. Ozzie m'a sorti du sac en me tirant par la main. Mes jambes avaient de la difficulté à la suivre.

Cette fois, le terminus se trouvait devant la bibliothèque. L'attroupement habituel était au rendez-vous.

En lettres rouges sur un mur, des graffiti avaient été peints. Etcétéra les éclairait avec sa lampe:

«GARDEZ VOTRE SANG-FROID. JE N'AIME PAS LE RÉCHAUFFÉ.

SIGNÉ: UN VAMPIRE QUI VEILLE SUR VOUS.»

Les yeux de tout le monde étaient exorbités.

Etcétéra a touché l'un des mots, puis il a senti le bout de son doigt.

— Du sang? a demandé Annie.

— De la gouache.

— Qui a fait ça? a hurlé William.

Marie s'est mise à pleurer. Deux ou trois autres avaient les lèvres qui tremblaient.

— Qui a fait ces graffiti, hein? Je veux une réponse!

Les musiciens de Ptérodactylus ne parlaient pas. Red penchait la tête et ses longs cheveux noirs masquaient son visage comme un rideau.

D'un geste brusque, William lui a relevé le menton.

— Qu'est-ce que tu as à dire, toi?

Allez, réponds!

Jekyll a aussitôt bondi. William est tombé à plat ventre sur le plancher, un bras tordu derrière le dos. Stéphane et Annie sont intervenus afin de les séparer.

Vraiment, l'atmosphère n'était plus du tout à la camaraderie.

Je me tenais juste à côté de ma soeur. Un petit miroir dépassait de sa poche de jeans, car il lui arrive parfois de se maquiller comme du monde.

Alors, j'ai eu une idée géniale!

Les vampires n'ont pas de reflet dans les miroirs, c'est bien connu. J'avais vu assez de films pour être au courant. Cette caractéristique fait partie de leur personnalité.

J'ai subtilisé le miroir et je l'ai rapproché de mon visage. Je le bougeais lentement, avec précaution, en cherchant le meilleur angle. L'obscurité ne me facilitait pas la tâche. Puis enfin, j'ai capté l'image de Jekyll.

Je voyais Gorgo à ses côtés. Un tout petit peu plus loin, il y avait aussi Karl. Je ne distinguais pas encore Red.

En me tournant vers eux, j'ai eu le choc de ma vie! Red était bien là, tête baissée et visage caché par ses cheveux. De nouveau, j'ai regardé le miroir.

À la gauche des trois premiers, il n'y avait que le vide!

Le miroir a failli m'échapper des mains. Un cri de terreur est monté de ma poitrine, mais j'ai réussi à me retenir. Ma tête tournait. Je me suis accroché à Ozzie.

— Ça ne va pas, Maxime?

Je ne sais pas ce qui s'est passé après. La seule chose dont je me souviens, c'est qu'Ozzie m'aidait à m'étendre sur mon sac de couchage.

Chapitre VIII
L'antre du monstre

— Le vampire existe vraiment! C'est Red!

— Mon pauvre Maxime, tu as la fièvre! Tu délires!

— Mais non! Red est un vampire! Je lui ai passé le test du miroir!

Ce test-là ne lui disait rien. Comment pouvait-elle jouer du *heavy metal* sans rien connaître aux vampires?

Ses trois copines étaient demeurées avec les autres. La discussion s'était transportée dans la salle de banquet. Pour plus de sécurité, Ozzie avait barricadé la porte de la classe.

Je lui ai tout expliqué. Elle m'a écouté sans interruption. À la fin, elle a dit:

— Ton hypothèse expliquerait bien des choses, Maxime.

Puis elle est revenue en pleine réalité.

— Non, je n'y crois pas! Un vampire, voyons! Et un vampire-guitariste par-dessus le marché!

— On peut être guitariste et vampire à la fois. Il y a des gens qui ont plusieurs talents.

— Qu'est-ce qu'on fait? On en parle aux autres?

— Pas tout de suite. Il faudrait d'abord prouver que Red est le coupable.

— Comment?

— Si on retrouve la cape ou les sachets de sang dans sa classe, il ne restera aucun doute.

— Maxime, es-tu en train de proposer qu'on fouille ses affaires?

J'ai fait signe que oui.

— Jamais! Je ne veux pas être mordue et devenir une vampire à mon tour!

C'était risqué, bien sûr. Mais puisque les autres discutaient toujours dans la salle de banquet, on avait momentanément la voie libre.

— Il faut y aller, Ozzie. Avant le retour de Red!

Je lui ai demandé si elle portait une petite croix sur elle.

— Non, pourquoi?

— Pour nous protéger, au cas où le vampire nous surprendrait.

— Oh, Maxime, ne dis pas ça!

Elle a vidé nerveusement les sacs de ses amies. Dans celui de Marie, elle a trouvé ce qu'on cherchait: une chaînette avec un crucifix au bout.

Ozzie a passé la tête par l'entrebâillement de la porte. Il n'y avait personne à l'extérieur. On est sortis sur la pointe des pieds.

Parvenus à la classe de Ptérodactylus, on a jeté un coup d'oeil à l'intérieur. Personne. Red devait utiliser la salle suivante.

Malgré son désespoir, Ozzie a continué de me suivre. J'ai posé la main sur la poignée. J'ai tourné. La porte s'est entrouverte. Le silence était pur à 100 %.

— Il n'est pas là. On entre!

On s'attendait à voir partout des toiles d'araignées, ou des chauves-souris accrochées aux murs, ou des flaques de sang sur le plancher. Rien de tout ça n'était visible.

Puis un détail a attiré mon attention.

— Pas de sac de couchage! Red coucherait à même le sol?

— Regarde là-bas!

Elle me montrait quelque chose de

long, dans le fond de la pièce. Je me suis approché.

— La caisse de bois! Je l'avais oubliée, celle-là! Elle se trouvait ici?

— On l'ouvre? C'est sûrement dans cette caisse qu'il a caché les objets.

On a essayé de soulever le panneau qui la fermait.

— Inutile, a conclu Ozzie. Je crois que c'est cloué.

Revenu vers la porte, j'ai remarqué un fil blanc qui traînait par terre.

— Qu'est-ce que c'est? a demandé Ozzie.

— Je ne sais pas. On dirait... Oui, c'est un...

— Un fil de soie dentaire! a lancé une voix du fond de la pièce.

C'était comme si j'avais reçu une décharge électrique!

Le couvercle de la caisse était relevé et Red se trouvait étendu à l'intérieur. J'ai aussitôt compris pourquoi il n'avait pas besoin de sac de couchage.

Il dormait dans la caisse! De la même manière que les vampires dans un cercueil!

Red s'est levé et il a marché vers nous.

On était paralysés. Il a placé ses lunettes noires sur son nez, à cause de la bougie.

— Eh oui, du fil de soie dentaire! Ça vous étonne? Pourtant les vampires aussi se nettoient les dents, vous ne le saviez pas?

Pour la première fois, il a souri. Et ses dents étaient vraiment très très propres.

Surtout les deux crocs qui dépassaient des coins de sa bouche!

Chapitre IX
Face au vampire

J'aurais voulu appeler à l'aide, mais ma voix ne m'obéissait plus. En tremblant, Ozzie a brandi la petite croix.

— Tu peux ranger ça. Ces trucs-là ne me font plus aucun effet depuis longtemps.

La chaînette est tombée sur le sol. Ozzie m'a attiré contre elle.

— Si tu approches encore, je crie!

— Garde ta voix pour chanter. Je ne vous ferai aucun mal.

Tout à coup, je ne comprenais plus, et ça m'a aidé à retrouver la voix.

— Comment ça, aucun mal? Tu es un vampire, j'en ai la preuve! J'ai fait le test du miroir et je n'ai pas vu ton reflet.

— Tu es un petit futé, toi! Et qu'as-tu appris d'autre?

Je lui ai dit ce que je savais.

— Bravo. Ah! je me doutais bien qu'avec cette tempête, je risquais d'être découvert!

— Alors, c'est vrai? a demandé Ozzie. Tu es un... vampire?

— Exact. Je me couche habituellement dans un cercueil. Puisqu'on n'avait pas prévu dormir ici, il me fallait une solution de rechange. La caisse de bois m'a dépanné.

— Et... tu bois du sang? Le vol des sachets, c'est toi évidemment?

— Du calme, du calme... Je suis un vampire, d'accord. Il faudrait cependant ajouter un détail: je suis abstinent! Je ne pratique plus le vampirisme, vous comprenez? Je suis inoffensif!

— Ça veut dire que... tu es redevenu un être humain comme nous?

— Pas tout à fait! «Vampire un jour, vampire toujours.» Vous connaissez le proverbe?

Je n'avais jamais entendu ce proverbe-là. Il a souri juste assez pour ne pas montrer ses crocs.

— C'est une longue histoire... Je suis né il y a plus de trois siècles. Je ne parais pas mon âge parce que les vampires vivent très vieux. Passons vite sur les deux premiers siècles de mon existence. Vous ne trouveriez pas ça très ragoûtant.

Il a baissé la tête.

— Jour après jour, je devais partir en chasse afin de me nourrir de sang humain. Cela doit vous sembler monstrueux!

Il nous enlevait les mots de la bouche.

— Ce n'était pas une tâche de tout repos, croyez-moi! Le sang humain, ça ne s'achète pas dans les épiceries! D'autant plus que j'avais pitié de mes victimes, ce qui est très mauvais pour le moral.

Son récit me donnait le goût de vomir. Pourtant, malgré son apparence assez spéciale, je ne pouvais pas l'imaginer boire le sang de quelqu'un.

— Tu as décidé de changer?

— Exactement. Ça n'a pas été facile, car je ne pouvais compter sur aucune aide. Personne n'a encore fondé les Vampires Anonymes! Chaque jour, chaque seconde même, je devais combattre mes instincts.

— Et tu as réussi.

— Pas d'un seul coup. Ce genre de lutte dure très longtemps. Peut-être toute la vie. Et la mienne est éternelle...

Ça me faisait un drôle d'effet d'entendre parler d'éternité. J'avais beau essayer, je ne parvenais pas à imaginer combien de temps ça durait.

— Mon régime alimentaire s'est complètement transformé. J'ai remplacé le sang par de la viande. Ça ne me convenait pas non plus. Alors, peu à peu, je suis devenu végétarien.

— Végétarien? Un vampire végétarien?

Je me souvenais du petit banquet. Red n'avait alors mangé que des carottes.

— L'ail! Tu ne peux toujours pas supporter l'ail, n'est-ce pas?

— Comme je viens de le dire, je serai toujours un vampire au fond de moi. Or, les vampires sont incapables d'endurer l'odeur de l'ail. Cela peut même nous tuer!

Tous les jours, l'haleine d'un de mes professeurs empestait l'ail. Si Red l'avait connu, il serait mort depuis longtemps.

— Je préfère vivre la nuit, car la lumière du jour me fait souffrir. Grâce à ces verres fumés, je me crée une nuit permanente. Et j'aime beaucoup me promener en pleine obscurité. Les atmosphères inquiétantes m'attirent énormément. Que voulez-vous? On ne se refait pas!

— Es-tu vraiment un albinos? Un vampire albinos, ça me semble ridicule!

— Lorsqu'un vampire renie sa nourriture, Maxime, il doit en assumer les conséquences. À force de me priver de sang, j'ai perdu mes couleurs petit à petit. Mes cheveux ont blanchi. Ma peau a blêmi. Et mes yeux sont devenus rouges, ce qui les rend encore plus sensibles à la lumière.

Ozzie a mis le pied sur un terrain qu'elle connaissait:

— Qu'est-ce qui a amené un vieux vampire dans ton genre à jouer du *heavy metal*?

— Je suis loin d'être vieux, tu sais. Trois siècles, c'est très jeune!

Et Hugo qui se plaignait parce qu'il avait quarante ans!

— La musique m'a toujours attiré. Même avant mon abstinence, j'appréciais les symphonies et les valses. C'est une des raisons qui me faisaient détester ma nature de vampire. Comment, en effet, se nourrir d'une espèce qui crée de si belles choses? Un jour, j'ai décidé d'apprendre à jouer.

— Mais pourquoi le *heavy metal*?

ai-je demandé. Tu aurais pu choisir quelque chose de beau!

Ozzie m'a fait de gros yeux.

— J'ai joué tous les genres de musique. Aujourd'hui, c'est le *heavy metal*. Demain, ce sera autre chose. Et puis, vous ne trouvez pas que j'ai la gueule de l'emploi?

En riant, il cachait ses dents avec sa main, comme font certains jeunes qui portent un appareil orthodontique.

— Tes copains de Ptérodactylus, est-ce qu'ils savent que tu es un vampire?

— Naturellement. Oh! bien sûr, au début, ils ont hésité à me prendre! Ils avaient un peu peur de moi. Et ma présence pouvait leur occasionner des problèmes. Imaginez que le public apprenne la vérité: des musiciens *heavy metal* protégeant un vampire! Quel scandale!

Il a pris la pose d'un guitariste en action.

— Quand on joue tous les quatre, ils se moquent de mes antécédents. C'est mon jeu de guitare qui les intéresse. On est devenus de très bons copains à la longue. En fait, Jekyll, Gorgo et Karl sont mes seuls amis.

— Ils sont prêts à tout pour toi? ai-je
supposé. Même à devenir tes complices?

Red a laissé tomber sa guitare
invisible.

— Tu fais allusion à ce qui se passe
ici?

Il s'est avancé d'un mouvement si vif qu'on a sursauté.

— Je vais vous dire une chose. Après ce que vous venez d'entendre, vous pensez sûrement que tout s'est éclairci. Que Red le vampire est la cause des incidents. Eh bien, non! Ma seule participation à ces mystères, c'est lorsque j'ai demandé à Jekyll de se débarrasser du plat de salade. Le reste, je n'ai rien à y voir.

— Hein? a fait Ozzie. Tu n'as pas peint les graffiti? Ce n'est pas toi non plus qui as effrayé Suzie et Marie?

— Pas plus que je n'ai cassé le vitrail ni volé les sachets de sang. Pourquoi m'amuserais-je à des enfantillages pareils? Pendant deux siècles, j'ai terrorisé les gens par nécessité. Inspirer la terreur ne me procure plus le moindre plaisir.

— Ça veut dire que...?

— Que le coupable est quelqu'un d'autre. Précisément!

Chapitre X
L'instant de vérité

Quelqu'un a cogné à la porte, puis une tête aux longs cheveux est apparue dans l'entrebâillement. C'était Jekyll.

— Qu'arrive-t-il? a demandé Red. Vous parlez depuis une heure au moins.

— Le défoulement total! Ça discute et ça s'engueule. Personne ne sait plus quoi penser sur ce qui se passe ici. Pendant ce temps-là, le taré se contente d'écouter.

Le taré, bien sûr, c'était Etcétéra.

— Je viens vous chercher à sa demande, d'ailleurs. Il dit qu'il a trouvé la solution de l'énigme! Il veut que tout le monde soit là pour entendre ses conclusions.

— Crois-tu que...?

— C'est le plus parfait idiot que j'aie jamais vu. Tu ne risques rien. Allons-y, ça va le contenter.

Un peu éberlués, on a suivi Red et

Jekyll jusqu'à la salle de banquet. Il faisait chaud là-dedans. L'agressivité et la colère sont d'excellentes sources de chaleur humaine.

Tout le monde paraissait fatigué. Les musiciens étaient assis sur le plancher ou adossés aux murs. Avant de présenter son grand numéro, Etcétéra mijotait ses pensées en silence.

Puis il a commencé:

— Les incidents que nous avons vécus cette nuit sont bizarres autant qu'étranges, etc. Ils forment un écheveau très complexe et extrêmement difficile à démêler. La peur a régné dans cette école, rendant encore plus pénible toute tentative de raisonnement.

— Je ne m'habituerai jamais à sa façon de parler, a murmuré Ozzie.

Il lui a fallu quinze bonnes minutes pour résumer les faits.

— Enfin, coup de théâtre! Notre mystérieux ennemi trace des graffiti sur le mur de la bibliothèque! Un avertissement sanglant, menaçant, etc., par lequel il dévoile sa nature! Aussi incroyable que cela puisse paraître, notre ennemi est un vampire!

Il parlait d'une voix pleine de drame, comme un prédicateur à la télé ou un politicien en campagne électorale.

— Oui, un vampire! Un de ces êtres abominables qui s'abreuvent de sang! Un épouvantable monstre qui dort dans un cercueil! Dès lors, tout s'éclaire! La disparition de l'ail, la destruction du vitrail représentant une croix, le vol des enveloppes de sang, etc., etc., etc.!

— Il ne va pas se mettre à bégayer! a dit Ozzie.

Etcétéra expliquait la théorie que j'avais déjà imaginée. Ses auditeurs étaient captivés. Il donnait le spectacle de sa vie. Pendant qu'il parlait, mon cerveau fonctionnait à toute vitesse.

Puis il a levé le bras, à la manière d'un arbitre au hockey avant la mise au jeu.

— J'ai finalement découvert le coupable! Il se cache parmi nous!

Avec rage, il a pointé le doigt en direction de Red.

— Le vampire, le voici!

À présent, tous les yeux étaient braqués sur le guitariste.

Une fois sortis de leur ahurissement, ses amis ont fait un pas vers l'accusateur.

Leur visage n'avait rien de gentil. Red, lui, restait immobile.

— Ne me touchez pas! a hurlé Etcétéra. Je vous signale que dix témoins nous observent! Si vous faites le moindre geste violent, etc., il pourrait vous en cuire!

— Tu es complètement malade! a répondu Jekyll.

— Écartez-vous! Écartez-vous, je veux voir le vampire bien en face!

Il a brandi une grosse croix. J'ignore où il l'avait prise, je ne l'avais pas vue avant.

— Écartez-vous, créatures de l'enfer! Laissez-moi affronter le vampire! Laissez-moi lui montrer qui est le plus fort!

Jekyll a sauté sur lui, ce qui a déclenché l'intervention de William. Une bagarre a éclaté. C'était vraiment semblable au hockey, sauf que l'arbitre aussi méritait une punition.

— Ça suffit! a crié Red. Tu veux voir quel effet a sur moi un crucifix? Eh bien, vas-y! Fais ton devoir, mon vieux!

Etcétéra tenait le crucifix comme si c'était une épée. Son visage grimaçait, son front était en sueur. Du bout de la

croix, il a touché Red.

Rien ne se produisait. Son masque de fanatique s'est effacé d'un coup.

— Satisfait? a demandé Red.

Etcétéra fixait le guitariste avec l'air de se demander ce qui ne fonctionnait pas. Il s'est éloigné en baissant la tête.

Tout à coup, il a exhibé un petit objet rond.

— Eh, le vampire! Tu sais ce que c'est? Un bulbe d'ail! Les vampires ne supportent pas ça, etc.! Attrape!

Red a bondi en arrière, mais la main de Jekyll a saisi le bulbe au vol. Karl s'est avancé vers Etcétéra en grognant.

— Cette fois, tu as été trop loin!

— NON, KARL!

J'avais dit ça avec une autorité qui me surprenait moi-même.

Quinze paires d'yeux se sont tournées dans ma direction. Ozzie avait la bouche grande ouverte.

— J'ai tout compris! J'ai trouvé le vrai coupable!

La stupeur les avait rendus muets. Je me suis approché d'Etcétéra, puis je l'ai regardé droit dans les yeux.

— Explique-leur toi-même, veux-tu? Puisque c'est de toi que je parle.

Chapitre XI
La confession

Etcétéra s'est effondré dans les bras de Karl.

— Oui, il est temps que j'avoue! C'est moi! Moi, moi et seulement moi! J'en ai assez de cette mascarade! J'en ai assez!

C'était la crise de nerfs. Sa peine était si évidente que Karl lui tapotait le dos pour le consoler.

— Vous avez été victimes d'une hypocrite mise en scène! Et le metteur en scène, c'était moi! C'est moi qui ai volé les sachets de sang! Moi qui ai brisé le vitrail! Les graffiti, c'était mon oeuvre! Et le vampire à la cape, c'est encore moi! Oh! comme j'ai honte!

J'avais déjà vu mes parents pleurer quelquefois et ça m'avait brisé le coeur. Même si Etcétéra n'était pas vraiment ce que l'on appelle un adulte, ça me faisait un effet semblable.

— Je voulais vous faire peur, com-
prenez-vous? Vous terrifier! Et vous
savez pourquoi, etc.? Parce que vous êtes
des musiciens *heavy metal*! JE DÉ-
TESTE LE *HEAVY METAL*, VOUS EN-
TENDEZ? JE DÉTESTE ÇA À
MOURIR!

À cause des sanglots, sa tête tressau-
tait sur l'épaule de Karl.

— Je ne voulais pas organiser ce
Festival! Je ne voulais pas propager cette
musique pleine de hurlements! Mais les
jeunes ont insisté! Ça leur faisait tellement plaisir que j'ai dû me soumettre!

Ozzie a baissé la tête.

— J'ai préparé ce spectacle pendant
des semaines. Chaque soir, je m'en voulais à mort. C'était contre mes principes,
vous comprenez? Petit à petit, j'ai éprou-
vé de la rancoeur contre tous les musiciens *heavy metal* du monde! Un terrible
désir de vengeance grandissait en moi!

Ses yeux noyés de larmes nous ont re-
gardés avec courage.

— Quand la tempête est venue, puis
la panne, j'ai su de quelle façon je pour-
rais me venger! En créant de toutes
pièces une menace! En inventant un faux

vampire dissimulé dans l'école! J'ai tout improvisé de A jusqu'à Z.

Quelqu'un lui a prêté un mouchoir.

— Je me disais: «Ah, ils aiment ça, le *heavy metal*, hein? Ils adorent les monstres, les démons, les vampires, etc.? Alors, un vampire, je vais leur en faire voir un! Je leur montrerai ce que c'est que d'avoir peur!»

Red m'observait derrière ses verres fumés. À mon avis, il pensait aux gens qu'il avait effrayés au cours de son existence. Indirectement, il se sentait peut-être responsable de la bêtise d'Etcétéra.

— Ma haine m'a poussé hors de moi. Je suis allé trop loin et je le regrette. Veuillez m'excuser: je ne suis qu'un imbécile.

Justement, je trouvais qu'Etcétéra n'agissait plus en imbécile.

J'avais découvert la vérité et ça ne me rendait pas heureux. Des musiciens sont venus vers moi. Ils voulaient savoir comment j'avais deviné. Je leur ai expliqué, mais le coeur n'y était pas.

Pour commettre ses méfaits, le coupable avait dû se déplacer dans une école totalement privée de lumière. Puisqu'il fallait à tout prix que personne ne le voie, il ne pouvait pas utiliser le moindre éclairage. Cette personne devait donc connaître les lieux sur le bout de ses doigts.

Parmi nous, celui qui connaissait le mieux l'école, c'était Etcétéra. Il y travaillait tous les jours depuis des années.

En l'accusant, je n'étais sûr de rien. J'avais tendu une perche, comme on dit. Et le poisson avait mordu.

Je déteste la pêche.

Plus tard, quelqu'un a annoncé que la tempête s'était calmée.

On a recommencé à sourire. L'agressivité s'en allait, elle n'avait plus sa raison d'être.

Etcétéra s'est excusé auprès de Ptérodactylus. En vampire bien élevé, Red lui a fait un sourire très amical sans montrer les dents. C'était bien. S'il avait vu ses crocs âgés de trois siècles, Etcétéra aurait subi un traumatisme.

En guise de punition, Ozzie a suggéré qu'il organise un autre Festival pour l'année prochaine. Tout le monde était d'accord et Etcétéra a ri malgré sa honte.

On était tous épuisés maintenant. Vers

7 heures, on s'est aperçus que le soleil était levé et que la foutue tempête était allée se faire voir ailleurs.

Ils sont tous sortis déneiger les véhicules. Sauf Red, à cause de son allergie à la lumière du soleil. Moi, je voulais lui dire au revoir avant que mes parents n'arrivent.

— Tu vas garder mon secret? m'a-t-il demandé. Je compte sur toi.

— Ne t'en fais pas. Je ne te trahirai jamais.

— On se revoit bientôt? Ptérodactylus donne un spectacle au Colisée dans deux mois.

— Je vais être franc, Red. Je n'aime pas beaucoup le *heavy metal*, moi non plus.

Il a souri.

— Alors, arrive à la fin du spectacle et viens frapper à ma loge. Je t'enverrai deux billets par la poste.

Il s'est accroupi afin d'être à ma hauteur. Ses lunettes noires me regardaient d'un air sérieux.

— En pensant à moi, Maxime, je veux que tu n'aies jamais peur. Jamais! C'est promis?

— Ne t'inquiète pas. Tu es le plus gentil vampire que j'aie jamais rencontré.

Il a caché ses crocs avec sa main pour mieux éclater de rire.

Table des matières

Achevé d'imprimer
sur les presses de Litho Acme Inc.
1er trimestre 1990